TOME 1 : RENCONTRE
JUSQU'À CE QUE LA MORT NOUS SÉPARE
Until Death Do Us Part

Until death do us part

SCENARIO : HIROSHI TAKASHIGE

DESSINS : DOUBLE-S

SOMMAIRE

db
Dress Back

IL ARRIVE...
TOC
TOC
IL EST
TOUT PRÈS...

AH...

LE VOILÀ !!
HEIN ?
CLAC !!
ガチャ

EH !
BAM
QUOI ?
HEIN ?!
QU'EST-CE QU'ELLE FOUT ?!
BON SANG !
ATTENDS !
ATTENDS-MOI !!

chapitre 1

渋谷センター街
SLOT SLOT
BB phone
YAHOO!
Safe & Clean Campaign
ÇA FAIT VRAIMENT UN DRÔLE D'EFFET...
JE NE DISTINGUE PAS LES DÉTAILS, MAIS JE PERÇOIS BIEN LES CONTOURS...
ELLES N'EN SONT ENCORE QU'AU STADE EXPÉRIMENTAL, MAIS ELLES PEUVENT TRANSMETTRE LES IMAGES DIRECTEMENT À TA RÉTINE...
ET EN PLUS, ON NE PEUT PAS LES DISTINGUER DE LUNETTES ORDINAIRES...

TU ES SÛR QU'ELLES NE LAISSENT PAS FILTRER LA MOINDRE LUEUR VERS L'EX-TÉRIEUR ?
FAIS-MOI CONFIANCE ! MÊME AVEC UN TÉLES-COPE...
ON NE VERRAIT RIEN DE PLUS QU'UN POINT DE LUMIÈRE.
SI JE ME RETROUVE DANS L'OBSCURITÉ TOTALE !
CE N'EST PAS TOI QUI SERVIRAS DE CIBLE...
T'INQUIÈTE, JE TRAVAILLE ENCORE DESSUS ...
TAP
AU SECOURS !!

?
QU'EST-CE QUI TE PREND, PETITE ?
HEIN ?
MAIS... EH ?!
PAR ICI !
EH OH !
NON...
PAR LÀ !
QUOI ?
ピタ
TAP
...
?

VITE ! DÉPÊCHE-TOI !!
QU'EST-CE QUI SE PASSE ?!
UN DYSFONCTIONNEMENT ?!
QU'EST-CE QUE C'EST QUE CE DÉLIRE ?
J'AI UN PETIT PROBLÈME...
ON INTERROMPT LE TEST !
QUOI ?!
QU'EST-CE QUE...

ATTENDS !
HAN...
HAN...
TU PEUX M'EXPLIQUER CE QUI SE PASSE ?
ON EST COINCÉS...
...
MAINTENANT, C'EST À TOI DE JOUER...
?
EH BIEN, HARUKA ? QU'EST-CE QUI T'A PRIS...

DE DESCENDRE DE VOITURE SANS PERMISSION ? ALLEZ, VIENS PAR ICI !
TAP
...
VU LEUR DÉGAINE, CE NE SONT PAS DES AMATEURS...
MAIS PAS NON PLUS DES PROS ...
HARUKA ...
DES YAKUZAS, PROBABLEMENT.
ALORS, VERDICT ?
HMM...

AIDE-MOI !!
JE TE DONNERAI TOUT CE QUE TU VOUDRAS !

TU VEUX M'ENGAGER ? JE NE SUIS PAS DONNÉ, TU SAIS...
!
JE TE DONNERAI AUTANT D'ARGENT OU DE PIERRES PRÉCIEUSES QUE TU VOUDRAS !
...
ÇA NE M'INTÉRESSE PAS TELLEMENT...
MAIS POURQUOI PAS, APRÈS TOUT ?
MARCHÉ CONCLU !
NOTRE AC-CORD SERA VALABLE...

"JUSQU'À CE QUE LA MORT NOUS SÉPARE" !

...
TU N'ES PAS UN PEU JEUNE POUR CE GENRE DE FORMULES ?
JE SUIS SÉRIEUSE... JE VAIS VRAIMENT MOURIR SI TU NE M'AIDES PAS !
...
JE COMMENCE UN TEST EN COMBAT RÉEL.
CE N'EST PAS LE MOMENT DE TERGIVERSER.
EH ! TU N'ES PAS ENCORE PRÊT POUR ÇA !
COMMENT ÇA, "EN COMBAT RÉEL" ?!
CLAC

LA GAMINE RESTE AVEC MOI...
TIREZ-VOUS.
...
CLAC
BOM
JE NE SAIS PAS DE QUEL CLAN TU ES, MAIS JE TE PRÉVIENS, CE GARS-LÀ NE CONNAÎT PAS SA FORCE ...
TU FERAIS MIEUX DE LAISSER TOMBER.

UN PEU CLICHÉ, COMME MENACE...
JE SUIS SÛR QUE TU PEUX MIEUX FAIRE !
FAIS-LE TAIRE.
OK...
TAP
OOOOOOOOH !!
DOM
DOM
DOM
DOM

ARGH !
PLAF
TU ES TROP SÛR DE TOI PARCE QUE TU ME CROIS AVEUGLE...
ARGH...
JE NE SAIS PAS SI TU ÉTAIS SUMO OU CATCHEUR AUTREFOIS...
BAM
MAIS TU N'ES PAS À LA HAUTEUR !!

SPLAAF
AAAAAH !
VOUS ALLEZ DEVOIR REPARTIR EN TRAÎNANT CE TAS DE GRAISSE !
FUMIER !!
ARRÊTEZ, IMBÉCILES !
VOUS RISQUEZ DE TOUCHER LA FILLE !
...

GH...
TAP
AH...
VOUS AVEZ PEUR DE LA BLESSER, ON DIRAIT...
?
FUIP
CLAC

UNE ÉPÉE DANS LA CANNE ?!
HEIN ?
SLASH
SLASH
C... COMMENT T'AS FAIT ÇA ?!
LÂCHE ÇA TOUT DE SUITE !!
!
PLAF
PLAF
NE T'IMAGINE PAS QUE TU PEUX L'EMPORTER SOUS PRÉTEXTE QUE TU AS UN FLINGUE.

IL N'EST PAS SI FACILE DE FAIRE MOUCHE AVEC UNE ARME DE POING. SA PORTÉE EFFICACE VA DE SIX À HUIT MÈTRES...
EN DEÇÀ ET AU DELÀ, ELLE NE SERT VRAIMENT QU'À FAIRE PEUR.
PEUT-ÊTRE, MAIS ÇA SUFFIRA BIEN À T'ABATTRE AVANT QUE TON SABRE NE M'ATTEIGNE !
ÇA, ÇA RESTE À VOIR ...
TU VEUX TENTER LE COUP ?
HEIN ?!
TAP
CRÈVE !
BANG
VSH

ZIP
QUOI ?!

SLASH

PAF
AAAH !!
GH...
C'EST PAS POSSIBLE...
CE N'EST PAS UNE LAME ORDINAIRE...
CLAC
ELLE PEUT DÉCOUPER TOUT CE QUI SE TROUVE SUR SON CHEMIN. SANS EXCEPTION ...

POURQUOI EN AVEZ-VOUS APRÈS CETTE GAMINE ?
...
O... ON NE M'A RIEN DIT...
!
AH OUI ?
QUI VOUS A ENGAGÉS, ALORS ?
...
PLAF
ARGH !!

POF
LE CLAN KAKUHÔ...
C'EST UNE BANDE DE YAKUZAS SOUTENUE PAR EX SOLID.
JE ME SUIS EMBARQUÉ DANS UNE SALE AFFAIRE...
MAIS SI LA SOCIÉTÉ EX SOLID Y EST MÊLÉE, JE VAIS POUVOIR FAIRE D'UNE PIERRE DEUX COUPS.

AU FAIT...
ÇA SE REMARQUE À PEINE, MAIS LE SABRE S'EST UN PEU ÉMOUSSÉ...
VSH
OUI... LE REVÊTEMENT MONOMOLÉCULAIRE EST SENSIBLE AUX CHOCS LATÉRAUX.
SI TU NE FRAPPES PAS PARALLÈLEMENT AU PLAT DE LA LAME, IL S'ÉRODE ET PERD DE SON EFFICACITÉ.
TSS...
SI JE COMPRENDS BIEN, J'AI ENCORE DES PROGRÈS À FAIRE, MOI AUSSI...
CLAC
LE PROBLÈME...
C'EST DE SAVOIR POURQUOI ILS EN AVAIENT APRÈS CETTE GAMINE...

TU N'AS PAS PEUR DES ARMES À FEU ?
SI, BIEN SÛR...
MAIS PAS DE CEUX QUI S'EN SERVAIENT.
HMM...
OÙ SONT TES PARENTS ?
TAP
...
?
SNIF

SNIF...
SNIF...
PLAF
OUIIIN !!
SNIF... OUIIIN !!
OUIN... OUIIIN !!

COMMENT
?!
LA FILLE
A ÉTÉ
ENLEVÉE
?!
Ex
Solid

OUI... MAIS...
À EN CROIRE LES RAPPORTS, LE COUPABLE ET HARUKA NE SE CONNAISSAIENT PAS.
ÉVIDEM-MENT !
CETTE PETITE... HARUKA...
ELLE POSSÈDE UN DON DE PRESCIENCE EXCEPTIONNEL, FIABLE À PLUS DE 90 % !
ELLE DEVAIT ATTENDRE CELUI QUI POURRAIT LA SAUVER.
EXPLOITÉ À NOTRE AVANTAGE, SON POUVOIR PROCURERAIT DES BÉNÉFICES COLOSSAUX À EX SOLID !

JE VEUX QU'ON LA RETROUVE ET QU'ON LA CAPTURE !! PEU IMPORTENT LES MOYENS UTILISÉS !!

chapitre 2

VROOM

QU'EST-CE QU'IL Y A ?
RIEN...
JE SUIS SÛR QUE C'ÉTAIT...

OH...
BONSOIR INSPECTEUR !
OUAIS, SALUT...
NE POUSSEZ PAS !
NOUS AVONS ARRÊTÉ QUATRE MEMBRES DU CLAN KAKUHÔ POUR POSSESSION ILLÉGALE D'ARMES À FEU.
QU'EST-CE QUE C'EST QUE ÇA ?
NOUS RECHERCHONS DES TÉMOINS DE...
EH ! VISE UN PEU ÇA !

QU'EST-CE QU'IL Y A ?
AH... BONSOIR, INSPECTEUR GENDA !
REGARDEZ...
LES YAKUZAS N'UTILISENT PAS SOUVENT CE MODÈLE, MAIS...
JE NE VOIS RIEN DE SPÉCIAL...
JE VAIS VOUS MONTRER...
CLAC
CRR
?
SIG SAUER
CLIC

HEIN ?!
QU'EST-CE QUE...
C'EST LE FAMEUX PISTOLET QU'ON A RETROUVÉ COUPÉ EN DEUX...
LORSQU'ON ASSEMBLE LES DEUX MORCEAUX, ILS ADHÈRENT COMME SI ON Y AVAIT MIS DE LA COLLE.
LE PISTOLET EST COMME NEUF... MÊME S'IL EST INUTILISABLE, EN FAIT...
TAP
CLIC
POUR L'INSTANT, CE NE SONT QUE DES SUPPOSITIONS, MAIS...
À MON AVIS, LA COUPURE EST TELLEMENT NETTE QU'ELLE RENFORCE L'ADHÉRENCE MOLÉCULAIRE.
"L'ADHÉRENCE MOLÉCULAIRE" ?
COMMENT C'EST POSSIBLE ?
QUAND ON SUPERPOSE DEUX PLAQUES DE VERRE, ELLES ADHÈRENT L'UNE À L'AUTRE, N'EST-CE PAS ?
C'EST LE MÊME PRINCIPE QUI S'APPLIQUE ICI.

DONC CE PISTOLET A ÉTÉ TRANCHÉ DE TELLE FAÇON...
QUE LA SURFACE DE SECTION EST AUSSI LISSE QUE DU VERRE ?
PLUS, MÊME ! ICI, LE PHÉNOMÈNE D'ADHÉSION EST ENCORE PLUS MARQUÉ.
JE NE CONNAIS AUCUNE MACHINE, AUCUN OUTIL QUI PERMETTE D'OBTENIR UN RÉSULTAT PAREIL.
...
VU LEURS BLESSURES, ILS ONT ÉTÉ ASSOMMÉS PAR UN OBJET CONTONDANT DE FORME ALLONGÉE, C'EST ÇA ?
OUI, SANS AUCUN DOUTE.
COMME PAR EXEMPLE LE DOS DE LA LAME D'UN KATANA ?
HA HA ! C'EST POSSIBLE, OUI...
PAR CONTRE, IMPOSSIBLE QU'UN KATANA AIT PU TRANCHER CETTE ARME EN DEUX...
...
IMPOSSIBLE, C'EST LE MOT...
MPD

ALORS C'ÉTAIT BIEN LUI ?
!
POF

PLAF
GH...
SCRR
UNE FOIS SORTIS DE LEUR PÉRIMÈTRE, ON NE SE CONNAÎT PLUS...
TU TE DÉBROUILLERAS POUR RENTRER CHEZ TOI.

ス TIP ウ
...
POF

VSH
OH...
QU...
QU'EST-CE QUI TE PREND ?!
CLAC
TU ES VRAIMENT AVEUGLE, ALORS...
ON NE LE DIRAIT PAS, À TE VOIR TE DÉPLACER.

OUAIS ...
POF
POF
?
QU'EST-CE QUI NE VA PAS ?
...
?
JE N'EN REVIENS PAS QU'ELLE M'AIT PRIS PAR SURPRISE...
EUH...
JE M'APPELLE HARUKA...
HARUKA TÔYAMA...
ET TOI ?

JE T'AI SAUVÉE PARCE QUE JE PASSAIS PAR LÀ, RIEN DE PLUS. JE N'AI PAS L'INTENTION DE TE DONNER MON NOM...
MAIS...
QUANT À CETTE HISTOIRE DE LOUER MES SERVICES...
JE N'AI ACCEPTÉ QUE PARCE QUE CES TYPES M'AGAÇAIENT. JE NE SUIS PAS DANS LE BESOIN, ALORS TU PEUX GARDER TON ARGENT ET TES PIERRES PRÉCIEUSES.
MAIS JE VAIS ME FAIRE TUER, SI TU NE ME PROTÈGES PAS !
...
LAISSE-MOI RESTER AVEC TOI !
JE FERAI TOUT CE QUE TU VOUDRAS !
JE NE M'INTÉRESSE PAS AUX GAMINES.

スゥ
TIP
DIS-MOI PLUTÔT ...
QU'EST-CE QU'ILS TE VEULENT ?
TU NE SAIS PAS ?
...
POURQUOI ENVOYER AUTANT D'HOMMES...
POUR CAPTURER UNE SEULE FILLETTE ?

AH !
LE... LE VOILÀ !
TAP
VLAM
ARGH !

FUMIER !
PAF

BOM
ARGH...
TU PEUX SORTIR.

FUIP
AH !
...
UNE DEMOISELLE QUI TE DEMANDE EN MARIAGE AU PREMIER REGARD...
IL Y A DE QUOI ÊTRE JALOUX !
N'IMPORTE QUOI !
ÇA, C'EST TOI QUI LE DIS...
"JUSQU'À CE QUE LA MORT NOUS SÉPARE"...
ÇA NE SE DIT QUE DANS LES CÉRÉMONIES DE MARIAGE !

JE SUIS SÉRIEUSE ! JE VAIS VRAIMENT MOURIR...
SI TU NE M'AIDES PAS !
NON...
C'ÉTAIT BIEN PLUS... DÉSESPÉRÉ QUE ÇA.
COMME SI JE POUVAIS LE SAVOIR.
P... PARDON !
JE NE VOULAIS PAS TE BLESSER...
DÉSESPÉRÉ, HEIN ?
AU FAIT, ELLE EST MIGNONNE, CETTE PETITE ?
...
À EN JUGER PAR LES CONTOURS DE SON VISAGE, LA FORME DE SON NEZ ET DE SES YEUX...

CE SERA
UN JOUR UNE
TRÈS JOLIE
FILLE.

EN TOUT CAS, ELLE TOMBE MAL... ON A DU PAIN SUR LA PLANCHE...
ピタッ
TIC

TAP
TAP
LES VOILÀ ! ILS SONT LÀ !

OUI...
ENVOYEZ-NOUS TOUT DE SUITE DES RENFORTS !

* LE PRÉNOM "MAMORU" SIGNIFIE "PROTÉGER" EN JAPONAIS, NDT.

MAMORU HIJIKATA...

!
TAP
TAP
TAP
TUEZ-LE !

キキィーッ
CRIII
キキキーッ
CRIII
QU... QU'EST-CE QUI S'EST PASSÉ, ICI ?
タタッ
TAP
TAP
ダダッ
TAP
TAP

chapitre 3

SI JE FRAPPE AVEC UNE AUTRE PARTIE DU SABRE, LE FILM MONOMOLÉCULAIRE DEVRAIT TENIR ENCORE UN PEU, NON ?
OUI...
MAIS TU NE DEVRAIS PLUS EN AVOIR BESOIN...
AU FAIT, J'AI FAIT QUELQUES RECHERCHES ...
?

* CENT MILLIONS DE YENS : ENVIRON 640000 EUROS, NDT.

BON, JE TE PASSE LES DÉTAILS...
HARUKA TÔYAMA... DOMICILIÉE DANS L'ARRONDISSEMENT DE SHINAGAWA, À TOKYO.
ÂGE : 12 ANS. ELLE EST EN 5E. J'AI APPELÉ CHEZ ELLE, SANS RÉSULTAT.
PERSONNE À LA MAISON.
SELON ELLE, TOUTE LA FAMILLE A ÉTÉ KIDNAPPÉE...
...
CE N'EST DONC PAS APRÈS L'ARGENT, MAIS BIEN APRÈS ELLE QU'ILS EN ONT.
SCRR
170.77 mhz
14 INDIVIDUS DÉCOUVERTS INCONSCIENTS DANS UNE RUE DU BLOC 12 DU 2E SECTEUR DU QUARTIER X...
ILS ÉTAIENT TOUS EN POSSESSION D'ARMES À FEU.
BON SANG...

T'AVAIS BESOIN DE TE FAIRE RE-MARQUER ALORS QU'ON N'EST MÊME PAS ENCORE PAS-SÉS AUX CHOSES SÉRIEUSES ?!
LA FERME...
T'EN ES OÙ ?
J'ARRIVE TOUT DE SUITE... DONNE-MOI UNE MINUTE.
CLAC
VROOM

*TAKARAKUJI (LOTERIE JAPONAISE), NDT.

* ENVIRON 320 EUROS, NDT.

ガ
ア
VRRM
?
CRIII
VLAM

MONTE.
CLAC
BIENVENUE À BORD, BOUT DE CHOU !
DIS-MOI...
TU AS VRAIMENT L'ŒIL, JEUNE FILLE !
VVIP
NOTRE AMI MAMORU...
EST UN AGENT RECRUTÉ POUR SES COMPÉTENCES EXCEPTION-NELLES !

TU AS DE LA CHANCE DE LUI AVOIR DEMANDÉ DE L'AIDE...
ZERO OR DIE
NU BLOOD
CE N'EST PAS UNE QUESTION DE CHANCE ...
JE PENSE QU'ELLE LE SAVAIT.

TSS, JE NE VAIS PAS TE MANGER !
JE FAIS JUSTE UNE PETITE VÉRIFICATION, HISTOIRE D'ÊTRE TRANQUILLE...
scanner
AH...
scanner
EUH...
HEIN ?
QU'EST-CE QUE TU VEUX DIRE PAR LÀ ?
scanner
HMM...
BIP
BIP BIP
scanner
IL Y EN A UN ?
MOUAIS... PAS TRÈS PRÉCIS, CE TRUC...
IL FAUT ÊTRE TRÈS PRÈS DU MOUCHARD POUR POUVOIR SUIVRE LA CIBLE, ET ENCORE, ON N'A QU'UNE VAGUE IDÉE DE LA DIRECTION QU'ELLE PREND...

UN GADGET D'AMATEUR, DIGNE DE CEUX QUI VOUS COURAIENT APRÈS.
♪
BYE-BYE !
HOP!
ぽい
ウィイイイ
パタッ
POF
C'EST DONC ÇA...
SI TU AS VU JUSTE...
ÇA PROMET POUR LA SUITE !

EUH...
LÀ OÙ TU TE RENDS... TU SERAS EN DANGER...
N'Y VA PAS...
HEIN ?
SI TU DISPARAIS-SAIS, JE...
?
DE QUEL DANGER TU PARLES ?

SI TU NE FAIS PAS ATTENTION...
UN MUR VA TE TOMBER DESSUS...
...
MAMORU...
TU COMPTES ALLER OÙ ?
AU QG DU CLAN KAKUHÔ À TOKYO.

TU AS PERDU LA TÊTE, OU QUOI ?! CET IMMEUBLE EST UNE VRAIE FORTERESSE !
JE N'AIME PAS LAISSER TRAÎNER LES PROBLÈMES ...
COMMENÇONS PAR RÉGLER LE CAS DE LA PETITE.
EH... DIS DONC !
ON EN PROFITERA POUR UTILISER LE RESTE DE L'ÉQUIPEMENT EN COMBAT RÉEL...
QUITTE À LE TESTER, AUTANT LE FAIRE TOUT DE SUITE.
BON...
J'AURAI BEAU DIRE, TU N'EN FERAS QU'À TA TÊTE DE TOUTE FAÇON...
ZERO OR DIE
DITES...
VOUS DEUX... QU'EST-CE QUE VOUS ÊTES, AU JUSTE ?

DES JUSTICIERS ! DES CRIMINELS.
PARDON ?
EH !
TU NE VAS PAS RECOMMENCER À ME FAIRE LA MORALE ?!
PFF... QUE ÇA TE PLAISE OU NON, ON EST BIEN DES CRIMINELS.

QUOI ?!

ELLE SAIT PRÉDIRE L'AVENIR...
CETTE GAMINE ?
VOUS CROYEZ QU'ON PEUT CAPTURER QUELQU'UN COMME ELLE ?
IL PARAÎT QUE LES DONS DE PRESCIENCE ...
ÇA NE REND PAS OMNIPOTENT.
KIYOHARA FRAPPE LA BALLE ...
QUEL BEAU COUP !
AH BON...
C'EST L'INSTINCT DE SURVIE QUI PASSE EN PREMIER...
À CE QU'ON M'A DIT.
DE TOUTE FAÇON, C'EST UNE REQUÊTE D'EX SOLID.
POUR NOUS, LES DÉTAILS IMPORTENT PEU...
CE QUI COMPTE, C'EST QU'EN ATTRAPANT UNE SIMPLE FILLETTE, NOTRE CLAN PEUT EMPOCHER UN GROS PACTOLE.
MAGISTRAL !
IL OUVRE LE SCORE AVEC TROIS POINTS !

?
ABVT!
HMM ?
...
QU'EST-CE QUI SE PASSE ?!
SCRR...
EH !
SCRR...
C'EST QUOI, ÇA ?
CRAC
CRAC
CRAC
?
UNE PANNE DE COURANT ?
TAC TAC TAC
ET LES COMMUNICATIONS ?!
ELLES SONT COUPÉES !

C'EST BON !
J'AI BOUSILLÉ TOUS LES APPAREILS ÉLECTRONIQUES DE PRÉCISION !
OK.

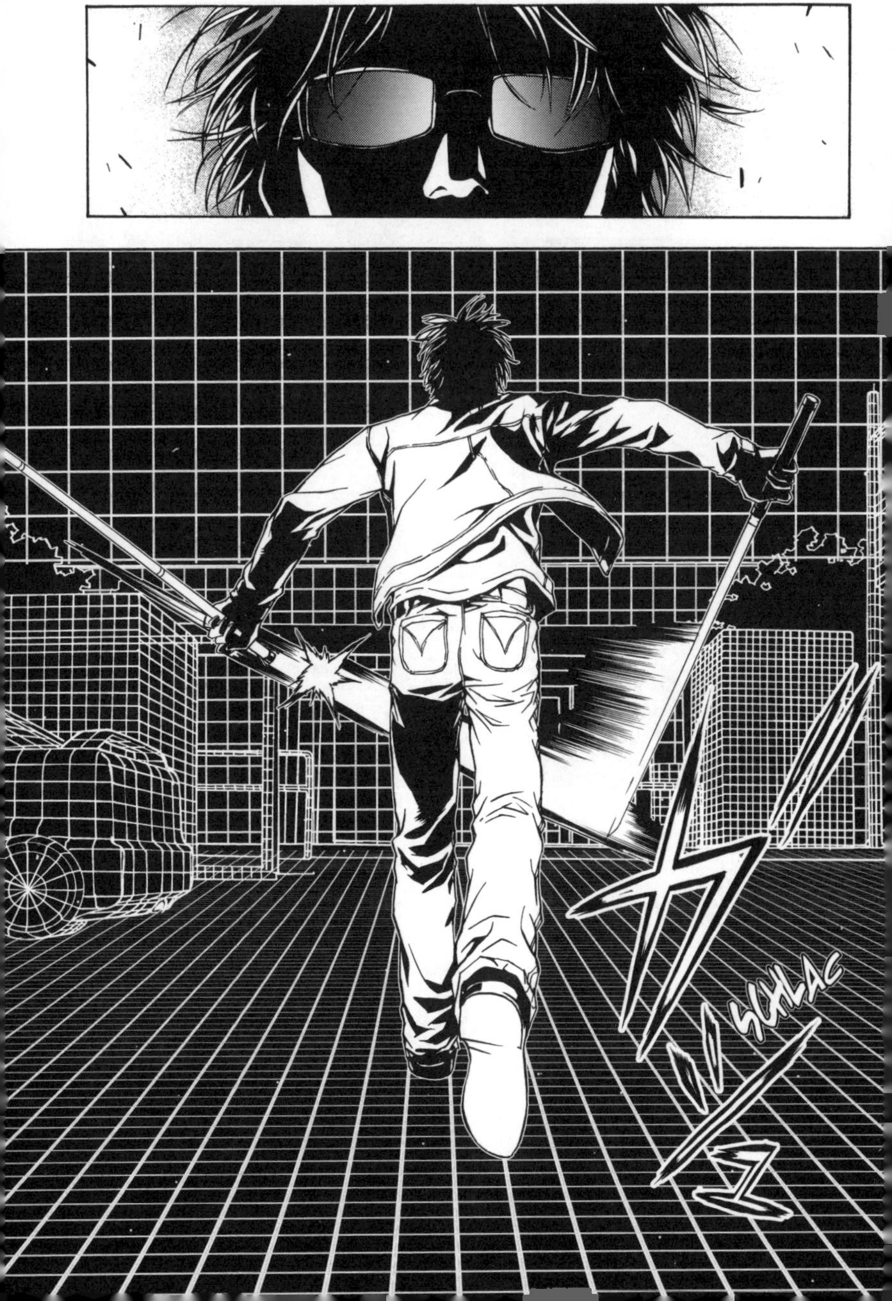
SCHLAC

MAIS C'EST ...
OUI... C'EST CE QUE VOIT MAMORU !
SES LUNETTES DE SOLEIL ET LE BOUT DE SA CANNE SONT ÉQUIPÉS D'UN DISPOSITIF...
QUI ÉMET DES ULTRASONS ET CAPTE LEUR RÉ-VERBÉRATION POUR CRÉER UNE IMAGE EN TROIS DIMENSIONS.
IL EST CONNECTÉ À CET APPAREIL QUI, SI BESOIN EST, ANALYSE MÊME LES ÉCHOS PERÇUS DERRIÈRE LES OBSTACLES...
ET EN RETRANSMET LES IMAGES À MAMORU.
...

NOTRE TRAVAIL EST DE CHASSER LES CRIMI-NELS !
ON RÈGLE PAR LA FORCE LES AFFAIRES...
OÙ LA POLICE N'OSE PAS METTRE SON NEZ.
...
ÇA RESTE ENTRE NOUS, MAIS...
ENFIN... MÊME SI TU EN PARLES AUTOUR DE TOI...
PERSONNE NE TE CROIRA, DE TOUTE FAÇON...
ZERO OR DIE
MAIS C'EST LA VÉRITÉ !
...
NOS FONDS VIENNENT DE DO-NATEURS PRIVÉS...
NOS MOYENS TECHNIQUES DES SCIENTIFIQUES LES PLUS EN POINTE...
ET NOS INFORMA-TIONS DES CITOYENS.

キィーン
AZING
キン
AZING
?!
C'ÉTAIT QUOI, ÇA ?
?
ドガッ
BOUM
OUAAAH !!

MAIS QU'EST-CE QUI SE PASSE ?
TAP
TAP
POF

SALUT... CECI EST UNE EXPÉDITION PUNITIVE !

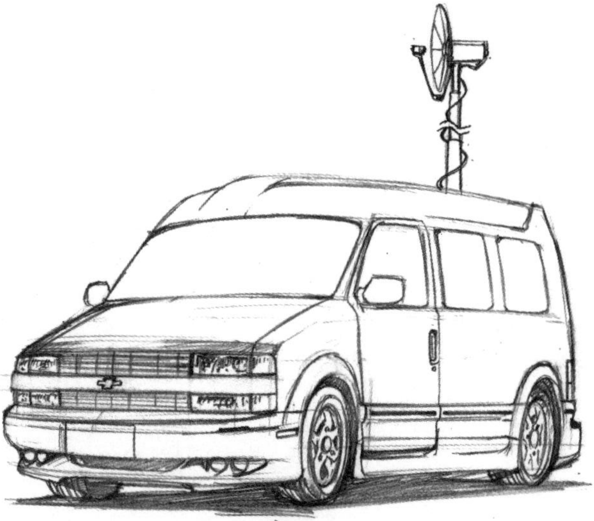

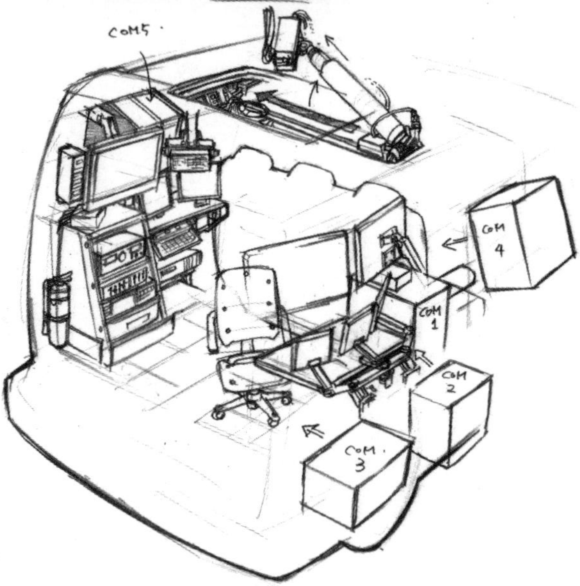
COM5
COM 4
COM 1
COM 2
COM. 3

JUSQU'À CE QUE LA MORT NOUS SÉPARE

Until Death Do Us Part

ON NE SAIT PLUS QUI EST À L'ORIGINE DU PROJET, MAIS ÇA N'A PLUS D'IMPORTANCE...
TOUJOURS EST-IL QU'IL OU ELLE AVAIT PERDU UN PROCHE À CAUSE D'UN CRIMINEL.
QUE DOIVENT FAIRE CEUX QUI SUBISSENT CE GENRE D'ÉPREUVE ?

PASSER LEUR VIE DANS LE MALHEUR, À HAÏR LE RESPONSABLE ? OUBLIER AVEC LE TEMPS ?
MAIS LES COUPABLES, MÊME S'ILS ONT COMMIS UN MEURTRE, SOR-TENT DE PRISON AU BOUT DE SEPT OU HUIT ANS...
LA PLUPART D'ENTRE EUX FINISSENT LEURS JOURS PAISIBLEMENT PENDANT QUE LES FAMILLES DES VICTIMES SOUFFRENT...
"OÙ EST LA JUSTICE, DANS TOUT ÇA ?" SE DISAIT CETTE PERSONNE.

ELLE A DONC RASSEMBLÉ D'AUTRES VICTIMES ET, ENSEMBLE, ILS ONT CHERCHÉ UNE SOLUTION.
PARMI EUX SE TROUVAIENT DES VIEILLARDS ET DES ENFANTS IMPUISSANTS...
QUE POUVAIENT-ILS DONC FAIRE ?
ILS ONT ALORS TOUS DÉCIDÉ...
DE SE BATTRE.

ILS ONT FONDÉ UNE SORTE DE GROUPE DE VIGILANCE BAPTISÉ "ELEMENTS NETWORK".
chapitre 4

HEIN ?! MAIS...
C'EST UN SYSTÈME DANS LEQUEL CHAQUE INDIVIDU PEUT FAIRE QUELQUE CHOSE, MÊME INDIRECTEMENT...
POUR COMBATTRE LE CRIME.
CRAC
IL A EN PARTIE ÉTÉ FONDÉ DANS L'ESPOIR DE DONNER UNE RAISON DE VIVRE AUX VICTIMES.
PLAF

TU SAIS COMBIEN IL Y A DE CRIMES PAR AN, AU JAPON ?
300 000 RIEN QU'À TOKYO ! DONT PAS MOINS DE 1500 AVEC VIOLENCES !
SANS COMPTER CEUX QUI RESTENT CACHÉS… ÇA EN FAIT, DES MORTS ET DES BLESSÉS !
TOI AUSSI, TU AS FAIT PARTIE DE CES VICTIMES ?
TU ES SACRÉMENT BAVARD, AUJOURD'HUI !
HUM… ENFIN BREF, CE QUE JE VEUX DIRE, C'EST QU'ILS MÉRITENT UNE BONNE CORRECTION…
MAIS LE BUT N'EST PAS DE LES TUER.
TU PEUX LE CROIRE SI ÇA TE FAIT PLAISIR…
MAIS C'EST À MOI D'EN DÉCIDER.
EH !

TSS...
IL AVAIT TOUT PLANIFIÉ...
BIP !
COMME PRÉVU, IL N'Y A PAS GRAND MONDE ICI, SANS DOUTE PARCE QU'ILS ONT ENVOYÉ LA PLUPART DE LEURS HOMMES À LA RECHERCHE DE LA PETITE...
ÇA DEVRAIT ALLER VITE.
CE SERA PLUS DIFFICILE QUE JE NE PENSAIS...
AH...
LE BUREAU DU GRAND PATRON...
DEVRAIT ÊTRE AU CINQUIÈME ÉTAGE.

QU'EST-CE QU'IL Y A ?
UN PIÈGE GROSSIER RELIÉ À UNE GRENADE...
MAIS...
AVEC MES "YEUX", C'EST PLUS DIFFICILE À GÉRER QU'UN ADVERSAIRE EN CHAIR ET EN OS.
HMM...
DES CÂBLES...
NON SEULEMENT LA VUE EST LE SEUL SENS PERMETTANT DE LES DÉTECTER, MAIS EN PLUS LES CAPTEURS LES DÉCÈLENT DIFFICILEMENT...
...
ON NE PEUT PAS AVOIR UNE MEILLEURE IMAGE ?
NE ME DEMANDE PAS L'IMPOSSIBLE !

C'EST DÉJÀ UN EXPLOIT D'ARRIVER À CE RÉSULTAT AVEC LES TECHNIQUES ACTUELLES D'ANALYSE 3D !
L'APPAREIL TRAITE LES INFORMATIONS OBTENUES PAR LA RÉVERBÉRATION DES ULTRASONS AFIN DE FOURNIR DES IMAGES TRIDIMENSIONNELLES DE L'ENVIRONNEMENT...
SI L'ANALYSE EST TROP LONGUE, MAMORU RECEVRA CES IMAGES AVEC UN TEMPS DE RETARD QUI RISQUE DE LUI COÛTER LA VIE...
ET UN RENDU TROP DÉTAILLÉ, EN PLUS DE CONSOMMER TROP DE MÉMOIRE LORS DES TRANSFERTS DE DONNÉES, RISQUE D'ÊTRE DIFFICILE À DÉCHIFFRER POUR SES YEUX.
AUGMENTER UN PEU LA CAPACITÉ DE TRAITEMENT DE LA PUCE NE FERAIT QU'APPORTER UNE PERCEPTION DES DÉTAILS LÉGÈREMENT SUPÉRIEURE.
C'EST SÛR QUE ÇA RENDRAIT LES CÂBLES VISIBLES, MAIS...
EN TOUT CAS, J'AI SUÉ SANG ET EAU POUR METTRE AU POINT CE SYSTÈME ! ALORS ARRÊTE DE PINAILLER !
BON SANG !
BANG
BANG

AH !
ズギュン
BANG
ズギュン
BANG
キン
TING
キン
TING
スパ
SLASH
ピーン
PIIING
!!

SLASH
CRAC!
CRAC!
CRAC!
CRAC!
SLASH
...

TSS... IL A PU ÉVITER LES CÂBLES ? IL A EU DE LA CHANCE...
BAH... APPAREMMENT, IL EST BEL ET BIEN AVEUGLE, COMME LE DISAIENT LES RAPPORTS.
MAIS SI VOUS AVIEZ TIRÉ EN SUIVANT MES INSTRUCTIONS, IL SERAIT DÉJÀ MORT !
DÉSOLÉS ...
SI ON AVAIT EU UNE DEUXIÈME GRENADE, ON AURAIT PU EN FINIR AVEC LUI...
MAIS LE BOSS EST TROP RADIN...
BAH... TANT PIS...
NOS PIÈGES LE RALENTISSENT... PROFITEZ-EN POUR LUI FAIRE REGRETTER DE S'ÊTRE FICHU DE NOUS !
À VOS ORDRES !

CELA DIT...
ON AURAIT PU S'AMUSER S'IL AVAIT ÉTÉ UN PEU PLUS DOUÉ...
SERS-TOI DES AMPLI-FICATEURS !
LES AMPLIFICA-TEURS ?
MAIS OUI ! ALLEZ, VAS-Y !
ÉPARPILLES-EN CINQ OU SIX AUTOUR DE TOI !

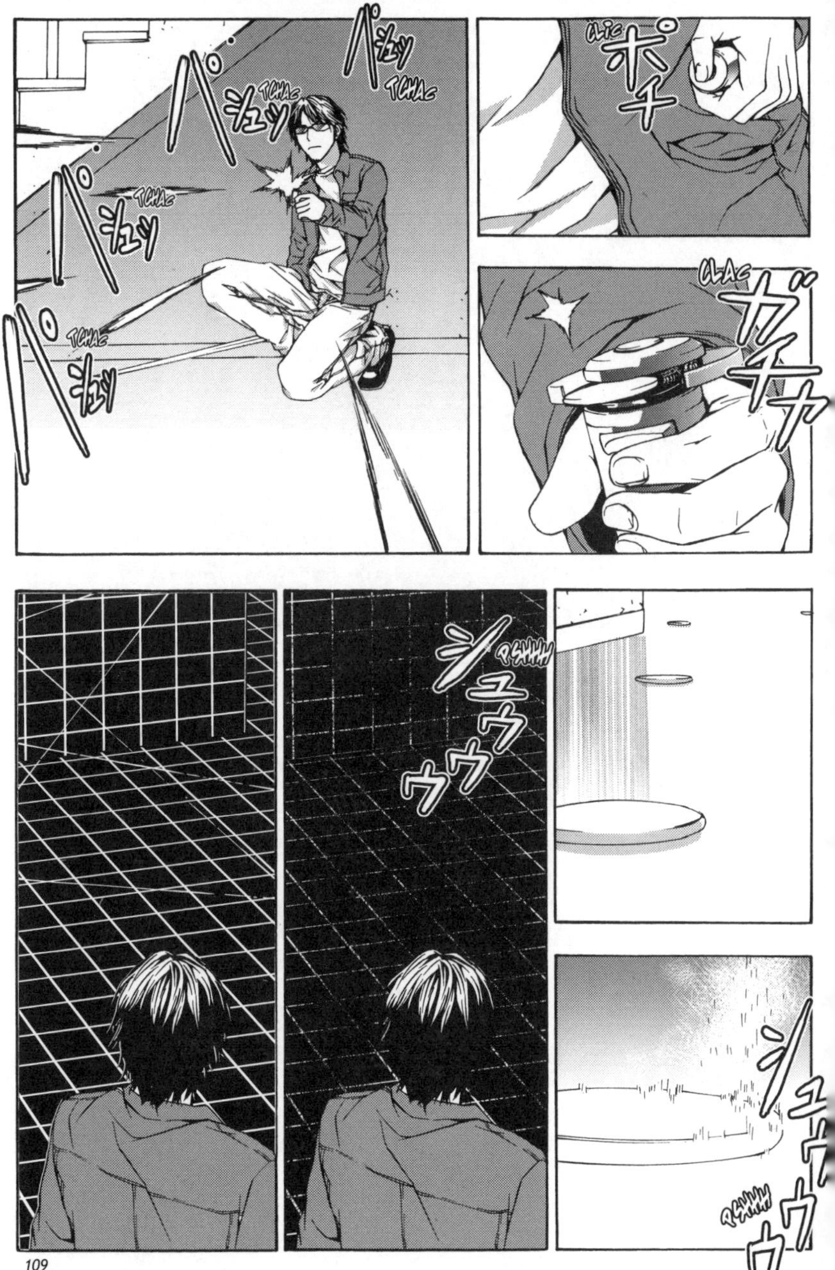
ポチ
CLIC
ガチャ
CLAC
パシュッ
TCHAC
パシュッ
TCHAC
パシュッ
TCHAC
パシュッ
TCHAC
シュウウウ
PSHHH
シュウウウ
PSHHH

!!
ON VOIT LES CÂBLES !
C'EST UNE SUBSTANCE CHIMIQUE CONÇUE PAR L'UN DES SCIENTIFIQUES QUI TRAVAILLENT AVEC NOUS...
ELLE SE DISSOUT AU CONTACT DE L'AIR EN ÉMETTANT DES ONDES SONAR.

EN AUGMENTANT LE NOMBRE D'ÉCHOS, ELLE PERMET D'APPRÉHENDER PLUS FACILEMENT LES OBJETS, JUSQUE DANS LES ANGLES MORTS.
SEULEMENT ...
FAIS VITE ! ÇA NE TIENDRA QUE CINQ MINUTES !
スッ
TAP
ÇA SUFFIRA BIEN !

PLARF
PAR ICI !
BON SANG...
OUAARGH !!

VLAM
BANG
ズギュン

PAF
BOM
OUAH !
LÂCHE-MOI, SALAUD !!
V'LAM
...
J'AI QUELQUE CHOSE À DEMANDER À VOTRE PATRON...

QUI T'ES, AU JUSTE ?!
AAH...
VSH
OUAH !
JE SAIS QU'IL EST ICI, ALORS ARRÊTEZ DE ME FAIRE PERDRE MON TEMPS !
VOUS SAVEZ, C'EST PLUTÔT DOULOU-REUX...
DE SE FAIRE COUPER LES PHALANGES LES UNES APRÈS LES AUTRES !

EH BEN...
IL EST FORT COMME UN DIABLE...
SUR LES DIZAINES D'HOMMES QU'IL A NEUTRALISÉS, IL N'Y EN A QU'UN QU'IL AIT VRAIMENT BLESSÉ AVEC SON SABRE...
C'ÉTAIT BIEN MENTIONNÉ DANS LE RAPPORT DE RECRUTEMENT, MAIS...
JE NE L'IMAGINAIS PAS AUSSI HABILE... C'EST UN ALLIÉ DE POIDS...
OUAH !!
!

AH !
PING
PING
PING
PING
OUAAH !!
PING
PING
PING
ARGH !!
ÇA NE FAIT PAS LONGTEMPS QU'ON SE CONNAÎT, MAIS...

ON DIRAIT QU'IL EST FOU DE RAGE POUR LA PETITE...
IL A UN CARACTÈRE DE CHIEN, MAIS C'EST PEUT-ÊTRE UN BRAVE TYPE, EN FIN DE COMPTE...

chapitre 5
やま

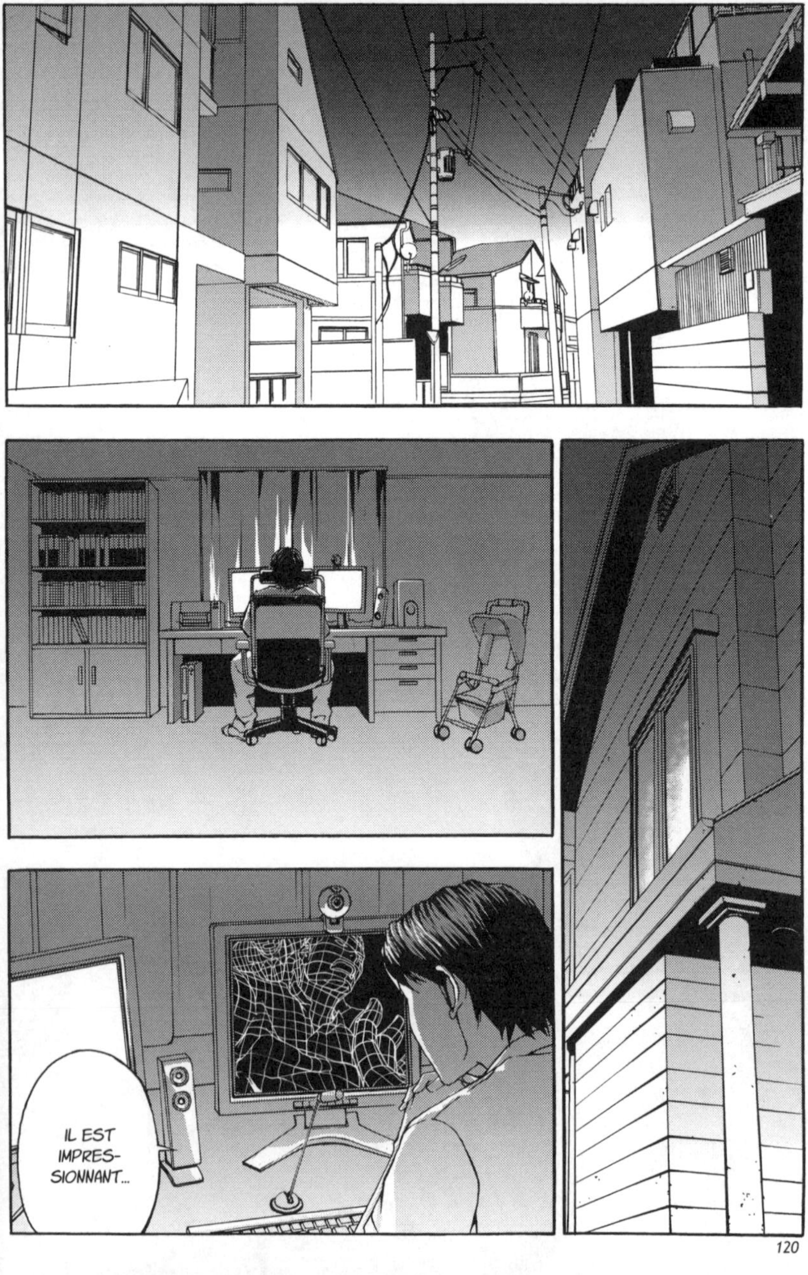
IL EST IMPRES-SIONNANT...

London
Canberra
New Yo
Boston
Tokyo
Rio
translate ....>
[ID1568] IL EST IMPRESSIONNANT...
[ID2045] IL FAUT QU'IL SOIT INCONSCIENT POUR S'ATTAQUER TOUT DE SUITE À LA MAFIA. LA TRADUCTION N'EST PAS TRÈS BONNE.
→
He is very rash to put the raid on Maffia immediate-ly.
This translation is not so good.
좋았어!! 해치워버려!!
[ID1983] C'EST TRÈS BIEN ! QU'IL LEUR METTE UNE RACLÉE !
[ID6003] VOUS NE M'ENTENDEZ PAS ?
→
――××××× ×××××××?
EUH... J'AI DES RAISONS PERSONNELLES D'EN VOULOIR AU CLAN KAKUHÔ.
VOUS ÊTES JAPONAISE ?
[ID6003] VOUS NE M'ENTENDEZ PAS ?
[ID3721] J'AI DES RAISONS PERSONNELLES D'EN VOULOIR AU CLAN KAKUHÔ.
→
Boston
Tokyo
R
OUI...
IL Y A DEUX ANS, MON MARI A ÉTÉ TUÉ PAR UNE BALLE PER-DUE LORS D'UN RÈGLEMENT DE COMPTE ENTRE GANGS DE YAKUZAS...

Boston
Tokyo
translate ....>
[ID3721] OUI. IL Y A DEUX ANS, MON MARI A ÉTÉ TUÉ LORS D'UN RÈGLEMENT DE COMPTE ENTRE GANGS DE YAKUZAS.
[ID2045] C'EST TERRIBLE. JE SUIS NAVRÉ POUR VOUS.
[ID1983] DANS CE CAS, IL FAUT ESPÉRER QU'IL FASSE DE SON MIEUX.
Tokyo
IL FAUT ESPÉRER QU'IL FASSE DE SON
MONTRER CE QU'EST LA JUSTICE. ENVOIE TOUS EN ENFER.
ALLONS, ALLONS, MES AMIS...
JE COMPRENDS VOTRE COLÈRE...
MAIS NOTRE RÔLE EST DE VEILLER À CE QUE NOS AGENTS N'ABUSENT PAS DE LA VIOLENCE.
CRÉER NOUS-MÊMES DES CRIMINELS REVIENDRAIT À PERDRE DE VUE NOTRE IDÉAL.
NOUS AGISSONS AUSSI...

POUR QUE PLUS PERSONNE NE VIVE LES MÊMES DRAMES QUE NOUS.
[IDI56B] NOUS AGISSONS AUSSI...
[IDI56B] POUR QUE PLUS PERSONNE NE VIVE LES MÊMES DRAMES QUE NOUS.
→
...

5
4
EXIT →
...
C'EST...
カン
KANG
カーン
KANG

VU SON EMPLACEMENT, C'EST SANS DOUTE UNE PORTE COUPE-FEU.
JE SAIS, IGAWA.
CHAQUE PORTE EST RENFORCÉE PAR UNE PLAQUE D'ACIER...
LES MURS SONT ÉPAIS, EN BÉTON ARMÉ, ET RENFERMENT DES ISOLANTS SONORES.
ET POUR COURONNER LE TOUT, DES PORTES COUPE-FEU... C'EST UN VRAI COFFRE-FORT, CET IMMEUBLE !
DZING
DZING
DZING
BLAM

BANG
BANG
!!
BANG
BAM
IL S'EMBUSQUE DANS UN PASSAGE ÉTROIT OÙ IL AURA PLUS DE CHANCES DE FAIRE MOUCHE...
TCHAC
TCHAC
TOC
PSHHH
CLAC !
C'EST BIEN PENSÉ.

タ
TAP
ZUT...
IL EST PRUDENT...
CE N'EST PAS AVEC CE FLINGUE QUE JE POURRAI L'ABATTRE...
ガチャ
CLACK
IL EST TROP DANGEREUX !
BON SANG !

NOUS EN SOMMES AU DÉBUT DE LA NEUVIÈME MANCHE, ET LES TITANS SONT À LA BATTE !
SUR LE TERRAIN, L'HOMME EN FORME DU JOUR AVEC SES…
CRR
ALORS, C'EST RÉGLÉ, KOMURA ?
SLASH
UOI ?
POF

BAM
HEIN ?!
AAAH !!
PLAF
QU...
QU'EST-CE QUE TU FAIS LÀ, TOI ?!

OUAH !!
SLASH
HII !!
BOUM
NIARK !
MAIS IL N'Y A PERSONNE ?!
KOMURA !
MIYATA !

INOUE ! SADA !
OÙ VOUS ÊTES TOUS PASSÉS ?!
...
BEN ILS SE SONT TOUS FAIT AVOIR, TIENS !
C'EST UN TROP GROS MORCEAU POUR L'ATTAQUER DE FRONT...
VOUS EN FAITES PAS, BOSS... JE VOUS VENGERAI PLUS TARD...
AAAAAAH !!
BON SANG... ET D'ABORD...
IL SE VANTE TOUT LE TEMPS QU'ON EST UN "CLAN DE GUERRIERS", ALORS POURQUOI EST-CE QU'ON N'A PAS UN PEU D'ARTILLERIE LOURDE ?
LES FLICS N'Y VERRAIENT QUE DU FEU !
ÇA ME SERT À QUOI D'AVOIR SUIVI UN ENTRAÎNEMENT MILITAIRE...
SI ON NE ME PAIE MÊME PAS UN LANCE-ROQUETTES ?!
BORDEL !

HIII !!
N'A... N'APPROCHE PAS...
VERMINE !!
HA !
TU... TU FAIS MOINS LE MALIN, HEIN ?!
...
CRÈVE !!
BANG

スウ
FSH
キン
TING
HEIN ?
カッ
TAC
カッ
TAC
PRENDS ÇA !
BANG
BANG
BANG

ガ TAC
TAC ガ
TAC ガ
TAC ガ
TAC ガ

PLOC
PLOC
PLOC
PLOC
HEIN ?
TU AS TRANCHÉ LES BALLES ...
AVEC TON SABRE ?
M... MAIS...
C'EST DE LA FOLIE...
BOM
SLASH

AAH !!
ズイ
TAP
AAAAH !!
VU LE NOMBRE DE FOIS QU'IL S'EST FAIT TIRER DESSUS RIEN QUE CETTE NUIT...
J'AI RÉCOLTÉ SUFFISAMMENT DE DONNÉES POUR MON LOGICIEL D'ANALYSE ET DE PRÉVISION BALISTIQUE.
MERCI...
CELA DIT...
IL FAUT VRAIMENT AVOIR DES NERFS D'ACIER POUR RÉUSSIR CE QU'IL A FAIT...

MAIS BON SANG, QUI ES...
MODE SILEN-CIEUX.
...
HMM ?
EH !
?
IL...
QU'EST-CE QUI SE PASSE ?
IL A COUPÉ LE SON.
IL SAIT POURTANT QUE TOUT DOIT ÊTRE ENREGISTRÉ ...
QU'EST-CE QU'IL A DERRIÈRE LA TÊTE ?
...

EH !
...
QU'EST-CE QUE TU FOUS, MAMORU ?!
POURQUOI EN AS-TU APRÈS LA GAMINE ?
HEIN ?!
GRR
QUOI ?!
C'EST POUR ÇA QUE TU NOUS AS ATTAQUÉS ?!
AH !
CRAC
CONTENTE-TOI DE RÉPONDRE À MES QUESTIONS !!
C'EST SON DON QUI VOUS INTÉRESSE, C'EST ÇA ?
ELLE S'EST PEUT-ÊTRE FAIT REMARQUER EN GAGNANT PLUSIEURS FOIS DES SOMMES IMPORTANTES AU LOTO ?
...
BON, ADMETTONS. CELA DIT, VOUS N'AVIEZ PAS LES MOYENS DE FAIRE UNE ENQUÊTE ASSEZ MINUTIEU-SE POUR LA REPÉRER...
ALORS ? QUI TIRE LES FICELLES ?
...

BAM
PARLE !
ARGH !
C'EST... C'EST EX SOLID...
CE SONT EUX QUI M'ONT DEMANDÉ DE LA LEUR AMENER !!
...
VLAM
ポイ
PLAF
OUAH !!
TSS... JE NE SUIS PAS AU BOUT DE MES PEINES.
JE SUPPOSE QUE C'EST POUR ÉVITER QU'ILS ALERTENT LA POLICE QUE TU AS TUÉ SES PARENTS...
GRAVE ERREUR...
JE ME DOUTE BIEN QU'AVEC VOTRE EXPÉRIENCE, VOUS N'AVEZ PAS LAISSÉ DE PREUVES...
MAIS MAINTENANT QUE JE SUIS LÀ, LA FÊTE EST FINIE...
GRR...
C'EST TERMINÉ POUR TOI.
TU... TU CROIS QUE TU VAS T'EN TIRER COMME ÇA ?! TOUS TES PROCHES, TA FAMILLE...
JE VAIS LES DÉNICHER ET LES TUER UN PAR...

SLASH
?
QU...
ピ PSHT
PSHHHH
!!

AAAAARGH !!
JE T'AI TRANCHÉ LES TENDONS DES BRAS...
A... AAAH...
TU SERAS TOUJOURS CAPABLE DE SERRER LES POINGS, MAIS PLUS AVEC LA MÊME FORCE QU'AVANT...
TU NE POURRAS PLUS JAMAIS TE SERVIR D'UNE ARME À FEU.
LA PROCHAINE FOIS, CE SERA LES JAMBES...
JE REVIENDRAI À CHAQUE FOIS QUE JE DÉCOUVRIRAI UN DE VOS MÉFAITS...
JUSQU'À CE QUE TU EN AIES PLUS QU'ASSEZ !

EXACTEMENT COMME VOUS, LES YAKUZAS...
ゾワッ
BRR
...
HA HA HA HA HA HA HA !!
HA HA HA HA HA...
...
PAF
IGAWA...
SI JAMAIS TU ÉCOUTES L'ENREGISTREMENT DE LA CONVERSATION QUAND ON AURA FINI, N'EN PARLE PAS À LA PETITE...

SES CRISES DE LARMES ME TAPENT SUR LES NERFS...
CLAC
ガチャ
...
...
...
?

chapitre 6

SALUT !
G... EUH... INSPECTEUR GENDA !
VOUS EN FAITES, DES TÊTES... QU'EST-CE QUI SE PASSE ?

EUH, RIEN... RIEN DE SPÉCIAL !
!!
TIENS, TIENS...
ÇA PEUT COUTER CHER...
DE SE PROMENER AVEC UN TRUC AUSSI DANGEREUX SUR SOI...
...
TAP
ズイ
TAP
ズイ
VOUS ALLEZ M'EX-PLIQUER TOUT ÇA...
AU POSTE !
UH !
ON RESTE TRAN-QUILLE !
!

INS-PECTEUR GENDA !
ON EN A ARRÊTÉ QUATRE AUTRES DE CE CÔTÉ !
C'EST BIZARRE ...
ON NE LEUR A PAS DONNÉ L'ORDRE DE SE RETIRER ?
HEIN ?!
OÙ EST-CE QU'ON VA ?
TOUT PRÈS !
?

キーッ
CRIII
CLAC
ガチャ
QU'EST-CE QUI S'EST PASSÉ, ICI ?

HOLÀ !
JE NE PEUX PAS VOUS LAISSER ENTRER COMME ÇA, INSPECTEUR GENDA !
TU AS LE CULOT DE ME DEMANDER UN MANDAT DEVANT UN SPECTACLE PAREIL ?! QU'EST-CE QUI S'EST PASSÉ ?!
RIEN DE BIEN MÉCHANT. VEUILLEZ SORTIR, S'IL VOUS PLAÎT.
SURTOUT QUE VOUS N'AVEZ PAS DE MANDAT !

NE TE FICHE PAS DE MOI !
VOUS LAISSEZ VOS PETITS JEUNES SE BALADER ARMÉS TOUTE LA NUIT, MAIS À PART ÇA, PAS DE SOUCI ?!
CETTE SITUATION N'A RIEN D'ORDINAIRE, ALORS ARRÊTE TES SALADES !
TAC
IL NE S'EST RIEN PASSÉ...
VEUILLEZ SORTIR, S'IL VOUS PLAÎT !
...

TRÈS BIEN !
CONTINUE À FAIRE L'INNOCENT, SI TU VEUX ! J'AI MA PETITE IDÉE, DE TOUTE FAÇON...
ON PART COMME ÇA ?
COMME SI ON AVAIT LE CHOIX...
ON N'A RIEN CONTRE EUX !
TOUT CE QU'ON PEUT SUPPOSER, POUR L'INSTANT...
C'EST QUE NOTRE HOMME EST AUSSI PASSÉ PAR ICI...
ET...
IL AURAIT ÉTÉ ASSEZ FOU POUR FAIRE UNE DESCENTE CHEZ LES KAKUHÔ ?
CLAC
...
VRRM
C'EST CE QU'ON VA CHERCHER À SAVOIR.
QU'EST-CE QUE VOUS ATTENDEZ POUR ME NETTOYER TOUT ÇA ?!

OÙ EST PASSÉ LE RESTE DE NOS HOMMES ?!
JE SUIS DÉSOLÉ !
NOS PORTABLES SONT TOUS DÉTRAQUÉS, IMPOSSIBLE DE LES JOINDRE...
ET LE PATRON, COMMENT IL VA ?
ON L'A EMMENÉ À LA CLINIQUE HABITUELLE.
LES MÉDECINS DISENT QU'IL DEVRA SE REPOSER QUELQUES TEMPS...
QUELLE DÉBÂCLE !
QU'EST-CE QU'ON DIT À EX SOLID, POUR LA FILLE ?
PFF...
QU'IL N'Y A AUCUN PROBLÈME ...
キキキキーッ
GRIIII
ELLE EST AVEC CE TYPE.
JE PRENDS LES CHOSES EN MAIN, POUR LE MOMENT...
JE VAIS LUI RENDRE LA MONNAIE DE SA PIÈCE À MA FAÇON !

JE TE COINCERAI, TU PEUX EN ÊTRE SÛR...
VROOOM
ブオオオ

ZERO OR DIE
PAPA...
MAMAN...
...
TON KATANA A BEAU BÉNÉFICIER D'UNE TECHNOLOGIE DE POINTE...
JE NE COMPRENAIS PAS POURQUOI TU AVAIS CHOISI D'UTILISER UNE ARME AUSSI ARCHAÏQUE, À NOTRE ÉPOQUE...
MAIS CE SOIR, TU M'AS VRAIMENT CONVAINCU.
JE PEUX DIFFICILEMENT ME SERVIR D'UN FLINGUE, AVEC MES YEUX...
LE MIEUX, C'ÉTAIT DONC UNE ARME QUI ME SOIT FAMILIÈRE.
EN TOUT CAS...
TU L'AS ÉCHAPPÉ BELLE.

ガシャーンッ
CRAAASH
SI ELLE NE M'AVAIT PAS PRÉVENU, J'Y SERAIS PEUT-ÊTRE RESTÉ...
PAS FAUX...
C'EST ARRIVÉ AU MOMENT OÙ J'ÉTAIS LE MOINS SUR MES GARDES...

?!
ELLE AVAIT DIT QU'UN MUR ALLAIT TE TOMBER DESSUS, MAIS ÇA N'EN ÉTAIT PAS VRAIMENT UN...
AU BRUIT QUE ÇA A FAIT EN S'ÉCRASANT, JE SUPPOSE QUE C'ÉTAIT DU VERRE...
MAIS À MES "YEUX", C'ÉTAIT EXACTEMENT COMME UN MUR.
...
HMM...
BON ! POUR CETTE FOIS, ON VA PRÉTENDRE QU'ON A COMBINÉ OPÉRATION DE SECOURS ET TEST EN COMBAT RÉEL...
POUR NE PAS DIRE QU'ON S'EST DONNÉ TOUT CE MAL JUSTE POUR MENACER UN YAKUZA.

ÇA VALAIT LE COUP...
ÉCOUTE UN PEU LES COMMUNICATIONS DE LA POLICE.
BIP
SCR SCR
BLOC 11 : ON NOUS SIGNALE UN CAMBRIOLAGE CHEZ LES SAWADA EN LEUR ABSENCE !
170.77 mhz
SCR
VOITURE 23...
HEIN ?!
PAS UN MOT SUR TES EXPLOITS ?
JE PENSAIS QUE CE SERAIT LE BRANLE-BAS DE COMBAT, À L'HEURE QU'IL EST...
LE CLAN KAKUHÔ EST RÉPUTÉ POUR SA MAÎTRISE DES ARTS MARTIAUX. TU NE PENSES PAS QU'ILS PERDRAIENT LA FACE SI ON APPRENAIT QU'ILS N'ONT RIEN PU FAIRE CONTRE UN HOMME SEUL ?
NE ME DIS PAS QUE...
MAIS MÊME SI ON N'EN PARLE PAS OFFICIELLEMENT, LES RUMEURS VONT SE RÉPANDRE...

SUR UN HOMME INQUIÉTANT ARMÉ D'UN SABRE !
NON SEULE-MENT TU ES FORT COMME UN DÉMON...
MAIS EN PLUS TU AS L'ESPRIT TORDU...
JE VEUX JUSTE CONTINUER À BIEN FAIRE MON TRAVAIL.

LE LENDE-MAIN...
UNIVERSITÉ DE TECHNOLOGIE DU KANTÔ
JE NE PENSE VRAIMENT PAS QU'UN OBJET PAREIL EXISTE...
FRR
ガサ
102-3
102-2

MAIS SI C'ÉTAIT LE CAS...
IL UTILISERAIT SANS DOUTE LA TECHNOLOGIE MONO-MOLÉCULAIRE.
LA TECHNOLOGIE MONOMOLÉCULAIRE, VOUS DITES ?
OUI... MAIS NOUS SOMMES DANS LE DOMAINE DE LA THÉORIE...
POUR FAIRE SIMPLE, S'IL EXISTAIT UNE MATIÈRE DE L'ÉPAISSEUR D'UNE MOLÉCULE...
ELLE SERAIT COMME UN RASOIR EXTRÊMEMENT FIN...
QUI PASSERAIT ENTRE LES MOLÉCULES, BRISANT LEUR COHÉSION.
PARDON ?
...
TOUJOURS THÉORIQUEMENT PARLANT...

SI UNE TELLE MATIÈRE EXISTAIT...
IL N'Y AURAIT RIEN AU MONDE QU'ELLE NE PUISSE TRANCHER.
CE SERAIT DANGEREUX À CE POINT-LÀ ?
CERTES, MAIS...
IL N'Y A PAS DE QUOI S'INQUIÉTER.
CE PRINCIPE NE POURRAIT ÊTRE APPLIQUÉ QU'À DES ARMES VRAIMENT ARCHAÏQUES...
DES ARMES ARCHAÏQUES ...
...
COMME UN COUTEAU...
OU UN SABRE ?
MA FOI...
OUI, CE GENRE D'OBJET.

C'EST D'AILLEURS PARCE QU'ILS SONT FINS QU'ILS SONT TRANCHANTS ...
MÊME SI D'UN POINT DE VUE PHYSIQUE, C'EST L'ÉPAISSEUR DE LA LAME QUI, EN CRÉANT UNE RÉSISTANCE, LES EMPÊCHE DE COUPER DES MATIÈRES TROP DURES.
...
...
BAM
ガチャ
EN FAIT...
UNE CERTAINE ÉPAISSEUR EST ACCEPTABLE, DU MOMENT QU'ELLE RESTE MINIME.
ピッ
BIP
ON POURRAIT OBTENIR DES RÉSULTATS EN UTILISANT UN MATÉRIAU QUI RÉDUIRAIT AU MINIMUM LE COEFFICIENT DE FRICTION DU PLAT DE LA LAME.

Tokyo
QUELLE TECHNIQUE AVEZ-VOUS ASSOCIÉE À MON PROCÉDÉ DE LIAISON MONOMOLÉ-CULAIRE ?
UN REVÊTEMENT LIMITANT LES FRICTIONS QUI NOUS A ÉTÉ FOURNI PAR UN COLLABORATEUR ÉTRANGER.
...
TRÈS INTÉRES-SANT...
JE NE PEUX PAS VOUS MONTRER MON VISAGE, NI VOUS LE VÔTRE, MAIS JE COMPRENDS CE QUE VOUS RESSENTEZ...

PEU IMPORTE, DU MOMENT QUE VOUS L'UTILISEZ À BON ESCIENT.
EN TANT QUE CHERCHEUR, VOUS DEVIEZ AVOIR L'INTENTION DE DÉVOILER CETTE NOUVELLE INVENTION AU PUBLIC...
...
OFF LINE
Tokyo
BIP!
VOUS POUVEZ COMPTER SUR NOUS !

Tokyo
VOUS AVEZ TOUJOURS LA FILLE ?
HMM ?
Element Network
BIP !
BIP ! BIP !

EUH...
OUI...
NOUS PENSONS LA LAISSER PARTIR DÈS QUE NOUS SERONS SÛRS QU'ELLE NE CRAINT PLUS RIEN...
THUG LIFE
?
POURQUOI EST-CE QUE VOUS ME DEMANDEZ ÇA ?
...

NOUS VENONS À VOTRE RENCONTRE.
D'ICI LÀ, NE LA LAISSEZ PAS S'ÉCHAPPER !
Tokyo
QUOI ?!
NE PAS LA LAISSER S'ÉCHAPPER ?!
QU'EST-CE QUE...
BIP BIP !
OFF LINE
Tokyo
HEIN ?!
...
MAIS ENFIN, CE N'EST PAS UNE CRIMINELLE !
ET D'ABORD, C'ÉTAIT QUI, CELUI-LÀ ?

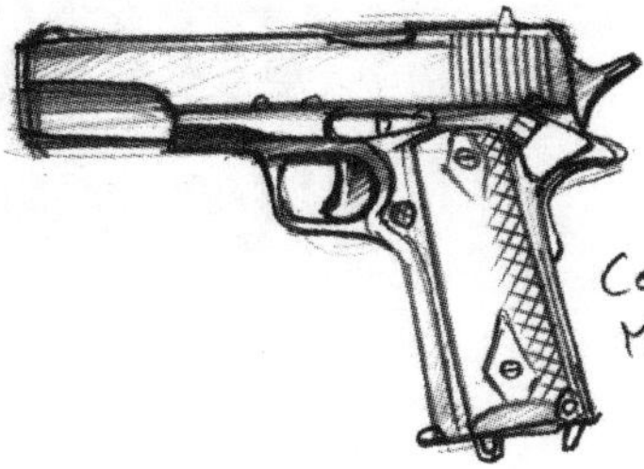
Colt 45
M1911 A1

SIG-SAUER
p226.

Cz75

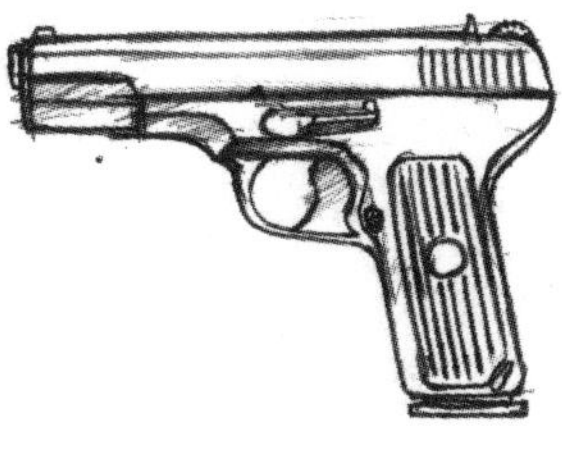
Tokarev
TT-33

JUSQU'À CE QUE LA MORT NOUS SÉPARE

Until Death Do Us Part

ÇA A COMMENCÉ PAR QUELQUES INCIDENTS ANODINS EN VILLE...
JACK BAR

PRIS SÉPARÉMENT, CE N'ÉTAIENT QUE DE PETITS RIENS.
NÉS D'UN LÉGER MALAISE RESSENTI PAR LES GENS...
DIRECTEMENT OU INDIRECTEMENT...
ILS FURENT CEPENDANT TOUS REPORTÉS ET COLLECTÉS SUR LE NET, COMME AUTANT DE NOTES SUR UN CARNET.

PUIS, AU FUR ET À MESURE QUE CES INNOMBRABLES BRIBES D'INFORMATION ÉTAIENT MISES BOUT À BOUT...
LA VÉRITÉ COMMENÇA À SE DESSINER...
QUELQUE CHOSE ÉTAIT SUR LE POINT DE SE PRODUIRE...

chapitre 7

VROOOM
ブオオオオ
C'EST VRAI QUE CETTE AFFAIRE EST PASSIONNANTE, INSPECTEUR GENDA...
MAIS POURQUOI LA PRENEZ-VOUS TELLEMENT À CŒUR...
ALORS QUE CE N'EST PAS VOUS QUI EN ÊTES CHARGÉ ?
J'AI APERÇU UNE CONNAISSANCE PRÈS DU LIEU DE L'INCIDENT...
PARDON ?
PAS QUELQU'UN QUE JE CONNAIS TRÈS BIEN, MAIS... ON PEUT DIRE QUE LE TERME "EXPERT"...
A ÉTÉ INVENTÉ POUR DES TYPES COMME LUI.

MAIS COMME LES VICTIMES SONT DU CLAN KAKUHÔ, L'ÉQUIPE D'INVESTIGATION NE VA PAS SE DONNER TROP DE MAL, NON ?
SANS PARLER DE TOUS CES TÉMOIGNAGES QUI SONNENT FAUX...
IL EST LIÉ À L'AFFAIRE ?
SI JE LE SAVAIS, J'EN AURAIS DÉJÀ PARLÉ AUX ENQUÊTEURS !
POUR L'INSTANT, J'ESSAIE JUSTE DE TROUVER DES PISTES...
ON FERAIT MIEUX D'ÉCARTER LES PISTES LES PLUS IMPROBABLES, VOUS NE CROYEZ PAS ?
HMM...
...
ET PUIS COMMENT SOMMES-NOUS CENSÉS TROUVER UNE ARME QUI N'EXISTE PAS ?
SI JE COMPRENDS BIEN...
VOUS NE VOUS BASEZ QUE SUR VOTRE INTUITION ?

CE N'EST PAS CE QU'ON DEVRAIT FAIRE EN CE MOMENT...
DE TOUTE FAÇON, SI JAMAIS C'EST LA BONNE PISTE, ON LE SAURA BIEN ASSEZ TÔT !
TU NE DEVRAIS PAS...
PRENDRE ÇA À LA LÉGÈRE !
C'EST EN SE BASANT SUR NOS EXPÉRIENCES PRÉCÉDENTES QU'ON PEUT DISCERNER LE CHEMIN LE PLUS COURT VERS L'OBJECTIF.
GRM GRM
...
HMM...
PFFF...
VOUS POURRIEZ TOUT DE MÊME RÉPONDRE !!
HMM... JE VAIS CONTINUER À ENQUÊTER DE MON CÔTÉ...

MERCI ENCORE POUR HIER...
CE N'EST RIEN !
À PARTIR DE MAINTENANT, JE VAIS ES-SAYER DE ME RENDRE UTILE !
HEIN ?
THUG LIFE
...
?
J'AI DIT QUELQUE CHOSE DE MAL ?

MAIS NON... NE FAIS PAS ATTENTION...
D'AC-CORD...
ALLEZ, VOUS DEUX ! ON Y VA...
OK !
EH !
ATTENDS... ON L'EM-MÈNE ?!
ON N'A PAS LE CHOIX, C'EST LA PRINCIPALE INTÉRES-SÉE !
À MOINS QUE TU NE PRÉFÈRES INDIQUER LE CHEMIN DE CETTE PLANQUE À NOS MYSTÉRIEUX IN-TERLOCUTEURS ?

NON...
JE PRÉFÈRE LIMITER AU STRICT MINIMUM LES CONTACTS ENTRE "COLLÈGUES", HISTOIRE D'ÉVITER LES FUITES...
MOINS ON EN SAIT LES UNS SUR LES AUTRES, MOINS ON RISQUE D'EN PARLER, PAS VRAI ?
MIEUX VAUT ÉVITER, EN EFFET. ON N'EST JAMAIS TROP PRUDENT...
REMUE-TOI...
OUAIS, OUAIS...
J'AI UNE IDÉE...
VU L'HEURE, ON VA FIXER LE LIEU DU RENDEZ-VOUS LÀ OÙ TU SAIS...

?
HEIN ?!
QU'EST-CE QUE TU AS DERRIÈRE LA TÊTE ?
?
VROOOM
ブオオオ

VRRRM
ブロロロ
FFH
スーーッ
FFH
スーッ
CRIII
キキッ
VRRRM
ブロロロ
VRRRM
ブロロロ
VVVT...
VVVT...

EUH...
TU N'ES PAS OBLIGÉ D'Y ALLER, MAMORU...
?
JE SAIS...
CLAC

QU'EST-CE QU'ILS FONT ?
TRAFIC DE DROGUE...
ON AVAIT L'INFO DEPUIS UN MOMENT ET ON SE DOUTAIT QUE ÇA SE FERAIT AUJOURD'HUI.
ATTENDS, "BLADE" !

ON A PU T'OBSERVER EN PLEINE ACTION, LA NUIT DERNIÈRE...
ALORS AUJOURD'HUI, POUR FAIRE BONNE MESURE, C'EST NOTRE ÉQUIPE QUI VA S'OCCUPER D'EUX.
HEIN ?
...
VRRRM
VROOOM
VRRRM
CRIIII
SCRRR

ON NE BOUGE PLUS !
QUOI ?
?!
CLAC
CLAC
TAP

* "SPECIAL ASSAULT TEAM", BRIGADE ANTITERRORISTE DE LA POLICE JAPONAISE, NDT.

SLASH
パーッ

SCRR
SCRR
SCRR
BOM
CRIII
BANG
GH...
QU'EST-CE
QUI S'EST
PASSÉ ?!
BAM

OUAH !
ZASH
SLASH
QU'EST-CE QUE TU ATTENDS POUR OUVRIR ?!
C'EST PAS VRAI !
LA PORTE EST COINCÉE !
QUOI ?
CELLE-LÀ AUSSI !
PLAF

J'AI SECTIONNÉ LES CÂBLES DES SERRURES INTÉRIEURES DES PORTES... VOUS NE POUVEZ PLUS VOUS ÉCHAPPER.
LÂCHEZ VOS ARMES ET RENDEZ-VOUS.
VRRM
CLAC

CLAC
ザッ TAP
DÉTOURNER LEUR ATTENTION AVEC UNE VOITURE QUI SURGIT À L'IMPROVISTE ET EN PROFITER POUR DONNER L'ASSAUT AVEC DES HOMMES POSTÉS LÀ À L'AVANCE...
MÊME SI L'UN DES DEUX VÉHICULES S'ÉCHAPPAIT, LEUR SEULE ISSUE ÉTAIT L'ÉTAGE SUPÉRIEUR OÙ UNE AUTRE ÉQUIPE LES ATTENDAIT, JE SUPPOSE.
C'EST PAS MAL...
ET TOI, VOYONS... À NOTRE PLACE...
TU AURAIS CREVÉ LES PNEUS DE LA PREMIÈRE VOITURE, PUIS DÉCOUPÉ L'AUTRE MÉTHODIQUEMENT, MORCEAU PAR MORCEAU.
UN PEU LONG, NON ? COMME ON VOULAIT RÉGLER L'AFFAIRE EN VITESSE, ON S'EN EST OCCUPÉS À NOTRE FAÇON.

VOUS ÊTES "THE WALL", C'EST BIEN ÇA ? L'ÉQUIPE D'ELEMENTS NETWORK SPÉCIALISÉE DANS LA CRIMINALITÉ INTERNATIONALE ?
QU'EST-CE QUI VOUS AMÈNE ?
JE SUIS LEUR LEADER, "ALPHA"...
NOUS SOMMES ICI POUR DEUX RAISONS. TOUTES DEUX CONCERNENT LA FILLETTE...
BRAVO !
CLAC
ガチャッ

IL VA TESTER LES DONS DE LA PETITE.
AH OUI ?
?
C'EST L'UN DE NOS COLLABO-RATEURS...
UN SPÉCIALISTE EN PHYSIQUE QUANTIQUE.
QUANT AU DEUXIÈME POINT...
NOTRE ÉQUIPE ESSAIE ACTUELLEMENT D'EMPÊCHER UN CRIME DE GRANDE AMPLEUR. C'EST POURQUOI...
...
NOUS VOUDRIONS LA PRENDRE AVEC NOUS.

chapitre 8

VROOM
ブオオオ
VRRM
ブオオ
BON SANG... DANS QUOI EST-CE QU'ON S'EST FOURRÉS ?!

BIP !
ÇA LUI ARRIVE D'ÊTRE NERVEUX ?
IL DORT ?!
TEA

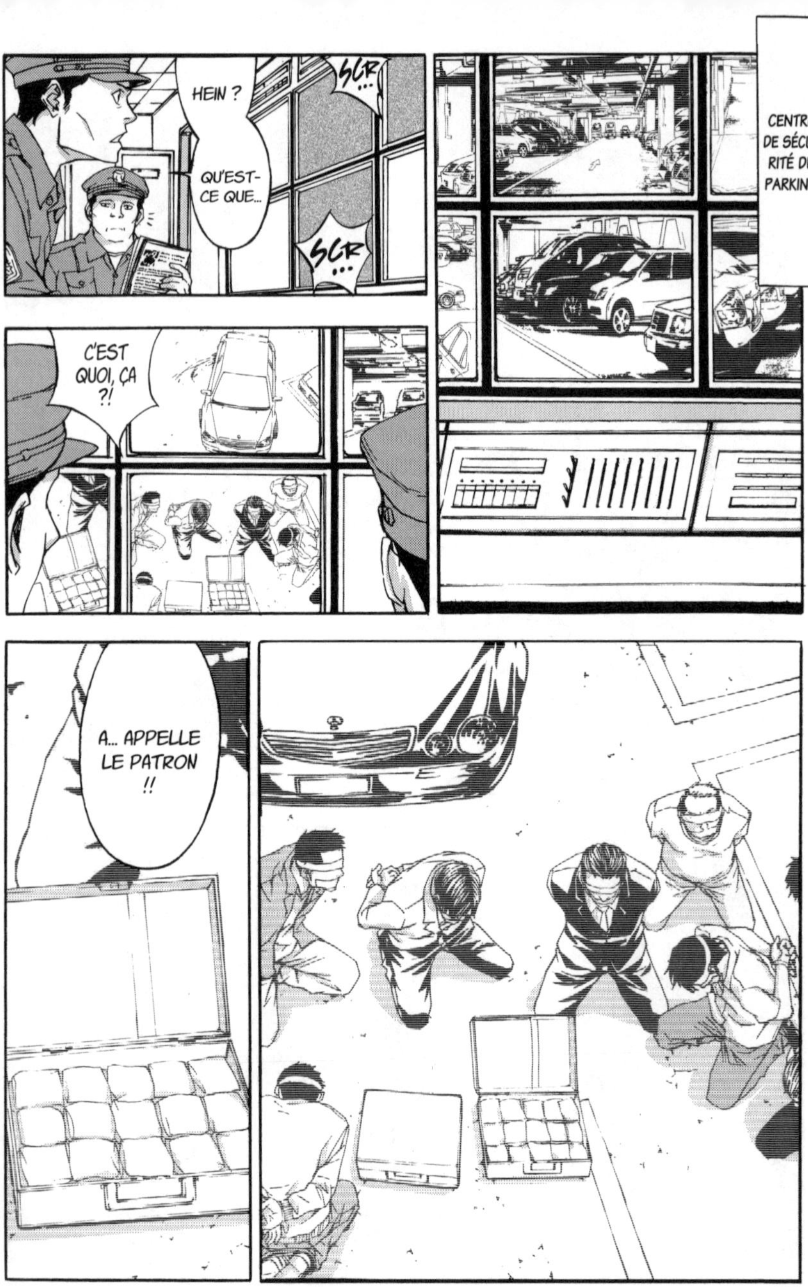
CENTRE DE SÉCURITÉ DU PARKING
HEIN ?
SCR...
QU'EST-CE QUE...
SCR...
C'EST QUOI, ÇA ?!
A... APPELLE LE PATRON !!

BABOM
BABOM
BABOM

...
ZZZZ
ZZZZ

...
ON M'AVAIT DIT QU'IL ME SUFFIRAIT DE FAIRE LE TRAVAIL DEMANDÉ.
LA POLICE AUSSI RECRUTAIT DES TECHNICIENS POUR LUTTER CONTRE LA CRIMINALITÉ INFORMATIQUE, MAIS JE N'AVAIS PAS LE BON PROFIL...
...
THUG LIFE
QUAND J'AI ACCEPTÉ CETTE SÉRIE DE MISSIONS...
C'ÉTAIT EN TANT QU'ASSISTANT TECHNIQUE, RIEN DE PLUS...

JE ME DISAIS QU'AVOIR LA SATISFACTION DE COMBATTRE LE CRIME SERAIT TOUJOURS PRÉFÉRABLE À RESTER ENFERMÉ DANS MA CHAMBRE SANS RIEN FAIRE.
MAIS VOILÀ QUE JE ME RETROUVE AFFUBLÉ D'UN PARTENAIRE PLUTÔT LOUCHE...
AVEC EN PRIME UNE FILLETTE EN DÉTRESSE SUR LES BRAS...
ET POUR COURONNER LE TOUT... À EN CROIRE ALPHA, LE COMMANDANT DU "WALL", UNE ÉQUIPE QUI POURSUIT LES CRIMINELS À TRAVERS LE MONDE, DES TERRORISTES INTERNATIONAUX SE SERAIENT INFILTRÉS DANS TOKYO.
MAMORU ET MOI, ON S'OCCUPE DE LA CRIMINALITÉ À L'ÉCHELLE D'UNE SEULE VILLE...
CE GENRE D'AFFAIRE NOUS DÉPASSE !
MÊME MOI, JE SENS QUE ÇA VA MAL FINIR...

ILS EN METTENT, DU TEMPS...
IL FAUT VRAIMENT QUE LA SITUATION VOUS AIT COMPLÈTEMENT ÉCHAPPÉ !
DIS-MOI... POUR QUE LE CÉLÈBRE "WALL"...
EN SOIT RÉDUIT À QUÉMANDER L'AIDE D'UNE FILLETTE...
BAM
RÉPÈTE UN PEU ÇA, POUR VOIR !!
DU CALME, SIERRA.
ALORS MOI, C'EST "BLADE", ET TOUS VOS POTES SONT BAPTISÉS EN SUIVANT L'ALPHABET RADIO ?
TU NE T'ES PAS CASSÉ LA TÊTE !
?!

JE NE PEUX PAS ACCEPTER ÇA.
QUELLES QUE SOIENT LES CIRCONSTANCES, RIEN NE JUSTIFIE QU'ON IMPLIQUE UNE CIVILE, UNE GAMINE QUI PLUS EST.
NOUS N'AVONS PLUS BEAUCOUP DE TEMPS DEVANT NOUS...
SI LE DON DE CETTE FILLETTE PEUT VRAIMENT NOUS AIDER, NOUS N'HÉSITERONS PAS À NOUS EN SERVIR.
...
JE COMPRENDS TA POSITION, MAIS LA SITUATION NE NOUS LAISSE PAS LE CHOIX.
NOUS NE CONNAISSONS PAS LA CIBLE ACTUELLE DES TERRORISTES, OR ILS DEVRAIENT FRAPPER DANS LES TOUT PROCHAINS JOURS...
IL FAUT S'ATTENDRE À COMPTER LES VICTIMES PAR CENTAINES. SANS OUBLIER LE CHOC ÉCONOMIQUE CONSÉCUTIF, QUI ENTRAÎNERA D'IMPORTANTES PERTES FINANCIÈRES.
SI TU ESSAIES DE NOUS METTRE DES BÂTONS DANS LES ROUES...
ON N'HÉSITERA PAS À RECOURIR À LA FORCE !

CLAC
VSH
...
ÇA Y EST, Ç
COMMENCE ?
JE PRÉFÈRE TE PRÉVENIR ...
NOUS AVONS DÉJÀ PRIS QUELQUES MESURES ÉLÉMENTAIRES POUR TE CONTRER.

VOYEZ-VOUS ÇA...
...
...
ÇA SUFFIT !

NOUS N'AVONS RIEN À GAGNER À NOUS BATTRE ENTRE NOUS !
ALORS, PROFES-SEUR ?
EH BIEN, POUR FAIRE VITE : OUI, ELLE A BIEN UN DON. JE LUI AI FAIT PASSER QUELQUES TESTS DE PROBABILITÉ ASSEZ SOMMAIRES : ILS LUI DONNENT UNE FIABILITÉ DE 100 %, DU MOINS SI CERTAINES CONDITIONS SONT RÉUNIES.
CEPENDANT, VOTRE ÉQUIPE NE POURRA RIEN EN TIRER.
COMMENT ÇA ?!
ELLE EST INCAPABLE DE PRÉVOIR LES ACTIONS D'INDIVIDUS QUI N'ONT AUCUN LIEN AVEC ELLE.
...

LE FUTUR DÉSIGNERAIT UN ÉTAT RENFERMANT PLUSIEURS POSSIBILITÉS.
MAIS SI L'ON CONSIDÈRE LES CHOSES DU POINT DE VUE DE MA DISCIPLINE...
QUANT À SAVOIR EN QUOI CONSISTE LE FAIT DE L'ENTREVOIR ...
?
JE SUIS SPÉCIALISTE EN THÉORIE QUANTIQUE, PAS EN DONS PARANORMAUX.
ÇA FAIT UN MOMENT QUE JE NE VOUS SUIS PLUS...
SI VOUS POUVIEZ NOUS ÉPARGNER LA THÉORIE ...
...
EH BIEN IL FAUT D'ABORD PRÉSUPPOSER QU'IL EXISTE... C'EST NOTRE PREMIÈRE CONDITION...
...
PRENONS LA THÉORIE SELON LAQUELLE LE CERVEAU HUMAIN EST, LUI-MÊME, UN SYSTÈME QUANTIQUE... DANS CE CAS, COMMENT UNE TELLE CLAIRVOYANCE S'EXPLIQUERAIT-ELLE ?
QUELLES SONT LES CONDITIONS NÉCESSAIRES À CELA ?

BON...
JE RECONNAIS QUE SCHRÖDINGER, LE PRINCIPE D'INCERTITUDE ET AUTRES THÉORIES PEUVENT RENDRE L'EXPLICATION ASSEZ RÉBARBATIVE...
VOYONS... POUR FAIRE SIMPLE...
IL EST PLUS JUSTE DE DIRE QUE SON DON N'EST PAS DE LA PRESCIENCE MAIS UNE CAPACITÉ TRÈS DÉVELOPPÉE À PRÉVOIR LES ÉVÉNEMENTS...
C'EST POURQUOI SA FIABILITÉ CHUTE AU PLUS BAS SI CERTAINES CONDITIONS NE SONT PAS RÉUNIES.
...
EN GROS, SI UN PARFAIT INCONNU FAIT QUELQUE CHOSE QU'ELLE IGNORE QUELQUE PART...
ÇA N'ENTRE PAS DANS LE CHAMP DE SES PRÉDICTIONS.
HMM...
PEU IMPORTE LA THÉORIE. SI ON NE PEUT PAS L'UTILISER...

DANS L'ENSEMBLE, LA THÉORIE QUANTIQUE ELLE-MÊME EST UNE PURE ABSTRACTION...
LA PLUPART DES THÉORIES QUI LA COMPOSENT SONT INVÉRIFIABLES, ET CELLES QUI ONT ÉTÉ PROUVÉES NE REPRÉSENTENT QUE LA PARTIE VISIBLE DE L'ICEBERG.
TU N'AS PAS L'AIR TRÈS SURPRIS...
DANS LES ARTS MARTIAUX, CE N'EST PAS SI EXTRAORDINAIRE DE SAVOIR PRÉVOIR LES MOUVEMENTS DE L'ADVERSAIRE...
MOI-MÊME, DANS MES BONS JOURS, JE PEUX LE FAIRE AVEC TROIS COUPS D'AVANCE.
VU COMME ÇA, JE NE SUIS PAS SURPRIS QU'IL EXISTE UN DON POUSSANT CETTE CAPACITÉ À L'EXTRÊME.
...
ALORS, ON EST VENUS POUR RIEN ?
ON VA DEVOIR TROUVER UN MOYEN DE LIMITER AUTANT QUE POSSIBLE LE NOMBRE DE VICTIMES...
JE N'AI PAS DIT QU'IL N'Y AVAIT AUCUNE POSSIBLITÉ !

IMAGINEZ QU'UN INDIVIDU DONT ELLE EST PROCHE SE RETROUVE MÊLÉ DE PRÈS À NOTRE AFFAIRE...
AVEC UN PEU DE CHANCE, ELLE POURRAIT PEUT-ÊTRE EN PERCEVOIR CERTAINS ÉLÉMENTS, NON ?
...
BON, JE SUPPOSE QU'ON A TROUVÉ UNE SOLUTION AU PROBLÈME...
JE VOUS COMMUNIQUERAI LES RÉSULTATS DE MES PROCHAINES SPÉCULATIONS PAR INTERNET.
...
?
MOI ?

SIERRA ! CHANGEMENT DE PLAN...
JE REJOINDRAI LE GROUPE APRÈS AVOIR RACCOMPAGNÉ LE PROFES-SEUR...
QUANT À TOI, J'AIMERAIS QUE TU ASSISTES BLADE PENDANT QUELQUES TEMPS, AFIN DE LE CONVAINCRE DE COLLABORER AVEC NOUS...
TU NOUS CONTACTERAS RÉGULIÈREMENT... ET TU TÂCHERAS DE RENFORCER TES "LIENS" AVEC LA PETITE ...
DES OBJEC-TIONS ?
...
ENTENDU.
NON. DE TOUTE FAÇON, ÇA NE SERVIRAIT À RIEN QUE JE REJOI-GNE L'ÉQUIPE, VU QUE SEULS LES MEMBRES ASIATIQUES SONT ACTIFS, POUR L'INS-TANT...
C'EST POUR ÇA QUE JE DÉ-TESTE LES SOCIÉTÉS MONO-ETHNIQUES !
IL FAUT DIRE QUE TU NE PASSES PAS INA-PERÇUE !

BON !
JE TE PROPOSE DE NETTOYER LA CHAMBRE VIDE DU PREMIER. ET PUIS ON SE FERA LIVRER CE DONT ON A BESOIN...
VU QU'ON A L'AIR BIEN PARTIES POUR VIVRE ICI UN MOMENT !
POUR COMMENCER, TU AS BESOIN DE NOUVEAUX VÊTEMENTS !
OH !
EUH... OUI...
ON DIRAIT...
...

CE SONT DES PROS. ON EST BIEN OBLIGÉS DE LEUR FAIRE CONFIANCE, NON ?
GARDE TON SANG-FROID...
ET PUIS ON NE PEUT PLUS SE PERMETTRE DE LÂCHER CETTE AFFAIRE.
EH !
ILS SONT EN TRAIN DE DÉCIDER À NOTRE PLACE ET TU LES LAISSES FAIRE ?
...
AU FAIT...
ON COMMENCE OFFICIELLEMENT LE BOULOT AVEC NOTRE RONDE DE CETTE NUIT. REVOIS NOTRE PLANNING EN CONSÉQUENCE...

BIP!
薬タグチ
KLASH

BOUM

CRASH
ガシャ
CRASH
ガシャ
CRASH
ガッシャアア
RRRMMM
ゴオオオオ

...
Jusqu'à ce que la mort nous sépare 1 - fin

JUSQU'À CE QUE LA MORT NOUS SÉPARE

Until Death Do Us Part

PAGES BONUS !
DOUBLE S
BON-JOUR !
C'EST MOI QUI DESSINE "JUSQU'À CE QUE LA MORT NOUS SÉPARE", CE MANGA MÊLANT ACTION ET COMÉDIE SENTIMENTALE, ET METTANT EN SCÈNE DANS LE JAPON MODERNIE LES AVENTURES DE L'AVEUGLE MAMORU ET DE HARUKA, LA FILLETTE AU DON DE PRESCIENCE !
MON NOM EST DOUBLE-S !!
VOICI ENFIN LE VOLUME RELIÉ QUE VOUS ATTENDIEZ TOUS APRÈS SIX MOIS DE PRÉPUBLICATION !!
TADAM !!
RESPONSABLE DÉCORS : O-SECOND
21 ANS, SEXE MASCULIN
COMME L'OBJECTIF ÉTAIT DE "TENIR SIX MOIS DE PRÉPUBLICATION SANS SE FAIRE ANNULER"...
ON PEUT DIRE QU'IL A ÉTÉ ATTEINT. TOUTES MES FÉLICITATIONS, PATRON !
ARGH !
C'EST VRAI ! QUEL CHOC J'AI EU QUAND J'AI LU LE MAGAZINE OÙ ÉTAIT PUBLIÉ LE PREMIER CHAPITRE ! ON AURAIT DIT UN TRAVAIL D'AMATEUR INDIGNE D'ÊTRE QUALIFIÉ DE MANGA... COINCÉ AU MILIEU DE MAGNIFIQUES BANDES DESSINÉES... AAAAH ! QUELLE HONTE !
BOU HOU HOU... JE NE MÉRITE PAS DE VIVRE...

EMBAUCHE ASSISTANTS
1. LETTRE DE MOTIVATION
2. ENTRETIEN
3. EXAMEN ÉCRIT
4. INSPECTION DES MAILLOTS DE BAIN
5. ANNONCE DES RÉSULTATS
PERSONNE NE RÉPONDAIT AUX OFFRES D'EMPLOI QUE J'AVAIS PASSÉES EN TOUTE HÂTE DANS LES REVUES ET SUR INTERNET !
C'EST QUOI, ÇA ?
?
ET PUIS MON SEUL ASSISTANT S'EST TIRÉ DÈS LE PREMIER CHAPITRE...
Ne me pardonnez pas, patron !
?
?
SNIF
SNIF
TAN TAN TAN TAN TAN TAN !
(SONNERIE POUR LES APPELS DE L'ÉDITEUR : LE THÈME DE DARK VADOR)
MAIS COMME LE MANAGER, M. L ET LE RESPONSABLE D'ÉDITION, M. F, SONT DES GENS BIEN QUI ME SOUTIENNENT DU MIEUX QU'ILS PEUVENT, JE PROGRESSE LENTEMENT, MAIS SÛREMENT.
AH !
EN PLUS, MON PREMIER TRAVAIL SUR ORDINATEUR A ÉTÉ UN VRAI CALVAIRE !
AAH ! PARDON !
JE M'ADRESSE À L'ORDINATEUR AVEC RESPECT.
J'IMPLORE VOTRE PARDON, MAÎTRE ORDINATEUR ! ACCORDEZ-MOI UNE DERNIÈRE CHANCE !
RESPONSABLE DÉCORS : O-SECOND 21 ANS, SEXE MASCULIN
IL REGARDE ENCORE PAR ICI, EUZUE...
SNIF...
MES ASSISTANTS À MOI...
MAINTENANT, J'AI DEUX ASSISTANTS QUI M'AIDENT POUR LES DÉCORS ET LES FINITIONS.
CHUT ! IGNORE-LE !
RESPONSABLE TRAMES : EUZUE 24 ANS, SEXE FÉMININ

MAIS SACHEZ-LE, CHERS LECTEURS !! JE NE VOUS SUPPLIERAI PAS D'ACHETER CE MANGA SOUS PRÉTEXTE QUE J'AI PASSÉ DES NUITS BLANCHES À LE DESSINER !
JE NE VOUS DEMANDERAI PAS DE L'AIMER !
JE NE PRÉTENDRAI PAS FAIRE MIEUX LA PROCHAINE FOIS POUR QUE VOUS ME PARDONNIEZ CE COUP-CI !
JE NE M'ABAISSERAI PAS À UNE PAREILLE CONDUITE !
JE VAIS DE L'AVANT VERS LE TOME 2, TOUT EN ATTENDANT LES RÉSULTATS DIGNEMENT, COMME UN HOMME !
ET DONC...
PAR PITIÉ, AIDEZ-MOI !!
(JE NE SUIS QU'UN PAUVRE MALHEUREUX !)
PATRON... VOUS CONNAISSEZ LE MOT "FIERTÉ" ?
IL N'EXISTE PAS DANS MON DICTIONNAIRE !
C'EST DONC ÇA, UN DESSINATEUR DE MANGAS ?

EN TOUT CAS, FÊTONS LA SORTIE DE CE TOME 1 TANT ATTENDU !
BAN-ZAÏ !!
BAN... ZAÏ...
Cuzue
O-Second
BON ! POUR FINIR, SI ON PARLAIT DES SCÈNES QUI NOUS ONT LE PLUS MARQUÉS PENDANT QU'ON DESSINAIT LE MANGA ?
PAR EXEMPLE, "CETTE SCÈNE-LÀ ÉTAIT SUPERBE"...
OU BIEN, "LÀ, ON VOIT BIEN LE SENS ARTISTIQUE INÉGALÉ DU PATRON"...
...
HMM...
LES SCÈNES MARQUANTES... VOYONS... JE ME DEMANDE...
HMM...
CE N'EST PAS ÉVIDENT...
HMM...
...
...
EH...
T'AS PAS LU LE MANGA, OU QUOI ?!
CE QUI M'A MARQUÉE, C'EST QU'IGAWA EST TROP MIGNON ! ET MAMORU A DES LÈVRES SUPER SEXY ! ♡
SI ON LES METTAIT EN COUPLE ?! C'EST MAMORU QUI SE SOUMET !
ELLE DESSINE DES PARODIES DE MANGAS LOUCHES.
LA FERME !!
CE N'EST PAS CE QUE J'AI DEMANDÉ ! ON PARLE DES SCÈNES LES PLUS MARQUANTES !
QU'EST-CE QUI TE PREND DE FAIRE DES COUPLES ?!
MAGINÉ CÈNE, AUSE TOI !!
ET VOUS, ALORS ?! QU'EST-CE QUI VOUS A MARQUÉ ?!
...
MOI ? MAIS C'EST ÉVIDENT !
CETTE SCÈNE QUI TITILLE L'IMAGINATION DE TOUT HOMME...
...
BÉOTIEN !
CELLE OÙ HARUKA GRATTE UN TICKET GAGNANT GRÂCE À SON DON DE PRESCIENCE... J'ÉTAIS TOUT EXCITÉ EN LA DESSINANT !
RIEN NE VAUT LE FRIC !!
S'IL VOUS PLAÎT, AYEZ PITIÉ DE MOI À LA SORTIE DU TOME 2 !

fin...

STAFF
0-SECOND (21 ANS, SEXE MASCULIN) : RESPONSABLE DÉCORS
EUZUE (23 ANS, SEXE FÉMININ) : RESPONSABLE TRAMES

DOCUMENTATION MILITAIRE
LEE HYUN SEOK (WARMANIA)

SPECIAL THANKS
SHINGÔ TAKANO

First published in Japan in 2006 by SQUARE ENIX CO., LTD.
French translation rights arranged with SQUARE ENIX CO., LTD.
and Ki-oon Limited through Tuttle-Mori Agency, Inc.

Édition française

Traduction :
David Le Quéré

Adaptation graphique :
GB One

ISBN : 978-2-915513-99-8
Dépôt légal : novembre 2009
Imprimé en Belgique par Imprimerie Lannoo, Tielt

Jusqu'à ce que la mort nous sépare

Until Death Do Us Part

Editions Ki-oon

ISBN 978-2-915513-99-8

9 782915 513998

www.ki-oon.com